30 Juin 1910

VENTE
Du Jeudi 30 Juin 1910

HOTEL DROUOT, SALLE N⁰ 6

A DEUX HEURES

OBJETS D'ART

ET

D'AMEUBLEMENT

SCULPTURES

COMMISSAIRE-PRISEUR

Mᵉ HENRI BAUDOUIN
Successeur de M. Paul CHEVALLIER

EXPERTS

MM. MANNHEIM

CATALOGUE

DES

OBJETS D'ART

ET D'AMEUBLEMENT

FAIENCES ET PORCELAINES

OBJETS VARIÉS

ÉCHANTILLONS D'ÉTOFFES ROMANES ET AUTRES

BOIS, PIERRES, MARBRES

RAMPANTS D'ESCALIERS ESPAGNOLS EN PIERRE

LIONS EN BRONZE GRANDEUR NATURE

MEUBLES

DONT LA VENTE AURA LIEU A PARIS

HOTEL DROUOT, SALLE N° 6

LE JEUDI 30 JUIN 1910

A DEUX HEURES

COMMISSAIRE-PRISEUR	EXPERTS
Me HENRI BAUDOIN	**MM. MANNHEIM**
Successeur de M. PAUL CHEVALLIER	7, rue Saint-Georges
10, rue Grange-Batelière	PARIS

EXPOSITION PUBLIQUE

Le Mercredi 29 Juin 1910, de 1 heure 1/2 à 5 heures 1/2

CONDITIONS DE LA VENTE

Elle sera faite au comptant.

Les adjudicataires paieront *dix pour cent* en sus des enchères.

Paris. — Imp. de l'Art. Ch. Berger, 41, rue de la Victoire.

DÉSIGNATION

FAIENCES ET PORCELAINES

1 — Plateau de surtout en ancienne faïence de
Moustiers, décoré en bleu dans la manière
de Bérain.

2 — Jardinière-applique en ancienne faïence de
Moustiers : grotesques et fleurs en camaïeu
jaune.

3 — Plat long en ancienne faïence de Marseille,
à décor de fleurs.

4 — Plaque en ancienne faïence d'Alcora, décorée en bleu : Sainte Madeleine.

5 — Potiche avec couvercle en ancienne faïence
de Delft, décorée en bleu : personnage chi-
nois, fleurs et rocailles.

6 — Deux bols en ancienne porcelaine de
Chine : personnages, fond à imbrications.

7 — Grand plat creux en ancienne porcelaine de Chine : personnages dans une habitation. Bordure étroite carrelée.

8 — Deux plats en ancienne porcelaine de Chine, époque Kien-lung, à décor d'arbustes fleuris ; marlis à fleurs.

9 — Potiche avec couvercle en ancienne porcelaine de Chine décorée en dorure : haie fleurie et rochers.

10 — Douze couteaux à lames d'argent doré. Poinçons d'Alaterre, adjudicataire des droits de marque, année *1773-74*. Manches d'ancienne porcelaine tendre : réserves de fleurs sur fond bleu de roi, rehaussé de dorures.

11 — Boîte rectangulaire, à décor de fleurs sur fond simulant la vannerie, en ancienne porcelaine tendre de Mennecy. Monture en argent.

12 — Autre analogue, mais de forme ovale. Même porcelaine.

13 — Drageoir en ancienne porcelaine tendre française, orné de deux chiens.

14 — Deux autres analogues, mais plus petits. Même porcelaine.

15 — Drageoir, orné de deux lions, en ancienne porcelaine tendre française.

16 — Drageoir orné d'un ver à soie. Ancienne porcelaine tendre française.

17 — Statuette en ancienne porcelaine tendre blanche : soldat debout, tenant un fusil.

18 — Deux petits vases avec couvercles, à surface ornée de fleurettes en relief ; ils reposent chacun sur un tertre auprès d'un amour. Porcelaine tendre blanche, portant la marque de Mennecy.

19 — Six pots à crème avec couvercles en ancienne porcelaine tendre de Sèvres, à décor de bouquets de fleurs sur fond bleu et blanc.

20 — Assiette en ancienne porcelaine tendre de Sèvres, décorée, au fond, d'un médaillon à paysage entouré de six petits médaillons également à paysages et se détachant sur un fond de dorure semé de pois bleus. *Année 1758*. Décor par *Aloncle*.

21 — Statuette en ancien biscuit de Sèvres, marque de *Fernex* : Adolescent agenouillé, tenant une corbeille où repose une brebis.

22 — Statuette de fillette debout, tenant les plis de sa jupe des deux mains, marque de *Brachard*. Ancien biscuit de Sèvres.

OBJETS VARIÉS

23 — Croix en cristal, or émaillé et pierreries, à traverse ornée d'une draperie simulée et de fleurettes; tête de mort au pied de la croix. Travail espagnol du xviie siècle. Dans un écrin.

24 — Etui à cire en or gravé et partiellement émaillé. Epoque Louis XVI.

25 — Etui en agate rubanée; monture en or à rocailles et fleurettes.

26 — Boîte rectangulaire en agate; monture à cage en or à rocailles et inscriptions. xviiie siècle.

27 — Cadre ovale en or partiellement émaillé bleu. Fin du xviiie siècle.

28 — Etui-souvenir émaillé gris-perle à rayures et
monté en or, orné d'un côté d'une miniature :
Portrait de femme en buste, signée *Rabier*,
de l'autre côté, d'un monogramme exécuté
en or.

29 — Eventail en ivoire ajouré et sculpté, orné
de trois réserves peintes à sujets variés.

30 — Deux éventails variés, à montures d'ivoire
ajouré ; feuilles à médaillons et paysages, et
sujet tiré de l'histoire ancienne.

31 — Livre d'heures manuscrit, décoré de mi-
niatures, de bordures enluminées, de lettres
ornées, etc. Fin du xve siècle. Relié.

32 — Feuille d'antophonaire, avec miniature à
sujet saint. xvie siècle.

33 — Coffret rectangulaire en fer gravé, à décor
d'animaux dans des rinceaux feuillagés.
xvie siècle.

34 — Plaque en cuivre champlevé et émaillé,
extrémité de chasse.

35 — Deux croix reliquaires variées en cuivre.

36 — Peson en fer.

37 — Plaque de bois de paix en émail peint de Limoges, xviɪᵉ siècle, présentant sainte Barbe vue en buste, tenant une palme et un livre d'heures.

38 — Plaque en émail peint de Limoges, xvɪᵉ siècle, présentant la scène de l'Ascension. *Atelier des Pénicaud*.

39 — Christ en argent sur croix en bronze et en argent, en partie d'ancien travail espagnol.

40 — Statuette en ivoire sculpté : Chevalier debout. Socle en bois et ivoire.

41 — Statuette en ivoire sculpté : Sainte femme assise.

42 — Trois fragments de vitraux, à sujets allégoriques variés. xviɪᵉ siècle.

43 — Milieu de triptyque peint : la Messe de Saint-Grégoire.

ÉTOFFES

44 — Fragment de ceinture en étoffe lamée d'argent, à motifs réguliers, enrichie d'un cabochon et de quatre petits émaux cloisonnés sur cuivre. Travail espagnol de l'époque Romane.

45 à 48 — Sept fragments d'étoffes, d'époques variées, à décor d'oiseaux, personnages, motifs réguliers, etc. (Seront divisés.)

49 — Chasuble en damas violet, ornée de bandes de velours bleu à ramages lamés de métal ; travail espagnol de la fin du xvie siècle.

5o — Chasuble en damas saumon, ornée d'un orfroi, de travail italien du xvie siècle, en broderie de soie et d'argent doré, à sujets saints et avec écussons d'armoiries brodés sur les côtés.

51 — Plusieurs morceaux d'ancien damas rouge.

BOIS SCULPTÉS

5 2 — Groupe-applique en bois sculpté, peint et doré, provenant d'une descente de croix : Sainte femme et saints personnages. Fin du XVIe siècle.

53 — Groupe-applique en bois sculpté : Sainte Anne, la Vierge et l'Enfant Jésus. Fin du XVIe siècle.

5 4 — Quatre pièces en bois sculpté, peint et doré : Saint Michel debout et trois anges. Ancien travail italien.

55 — Triptyque en bois sculpté et peint : la Vierge et l'Enfant Jésus entre deux anges, tenant un voile. Ancien travail italien.

56 — Groupe en bois sculpté, peint et doré : la Vierge debout, tenant l'Enfant Jésus. Socle à consoles. Ancien travail espagnol.

5 7 — Statuette en bois sculpté et peint : Saint Jérôme accompagné du lion. Ancien travail espagnol.

58 — Statuette-applique en bois sculpté, peint et doré : Roi mage debout. Ancien travail espagnol.

59 — Cinq statuettes variées en bois peint et doré : Apôtres, saints personnages, saint Jean-Baptiste et le Christ de pitié. Ancien travail espagnol.

60 — Deux montants en bois sculpté en bas-relief, peint et doré, décorés d'enfants dans des rinceaux feuillagés. Ancien travail espagnol.

Haut., 4 m. 5 cent.; larg., 65 cent.

61 — Deux pilastres en bois sculpté en bas-relief et peint, ornés d'enfants dans des rinceaux feuillagés. Ancien travail espagnol.

Haut., 3 m. 15 cent.; larg., 60 cent.

62 à 71 — Sous ces numéros, plusieurs frises, pilastres, colonnettes, montants en bois sculpté, peint et doré de l'*atelier de Berruguete*. Espagne, xvie siècle, à décor d'amours, de cartouches, de draperies, de bustes, d'animaux, etc. (Seront divisés.)

72 — Huit bas-reliefs en bois sculpté : Têtes de chérubins et rinceaux.

73 — Statuette-applique en bois sculpté : Sainte femme debout, amplement drapée.

PIERRES ET MARBRES

74 — Quatre rampants d'escalier en pierre
sculptée, à têtes chimériques, rinceaux feuillagés, personnages, cornes d'abondance et
trophées. Travail espagnol du xvie siècle.

Haut., 70 cent.

Long., 3 m. 20., 2 m. 40, 2 m. 50, 2 m. 55.

75 — Fragment en marbre blanc, avec traces de
peinture : l'Adoration des rois mages. Fin
du xvie siècle.

76 — Bas-relief en marbre blanc : la Vierge à
mi-corps, tenant l'Enfant Jésus. Ancien travail italien.

77 — Deux fragments anciens en marbre blanc :
Main et bas-relief tête d'homme.

78 — Groupe en marbre blanc : sujet allégori-
que à l'Amour. Commencement du xix^e
siècle.

79 — Statuette en marbre blanc : Léda debout.

80 — Médaillon en marbre blanc et noir : Buste
de femme de profil, sculpté en bas-relief.

BRONZES ET CUIVRES

81 — Deux lions assis en bronze, grandeur nature. Ancien travail espagnol. Provenant du
ministère de l'intérieur, à Madrid.
  Haut., 1 mètre; long., 1 m. 38 cent.; larg., 75 cent.

82 — Grand brasero en cuivre, d'ancien travail
espagnol.

83 — Deux pieds de calices en cuivre, ornés de
petits émaux du xvie siècle.

84 — Instrument de mesure en laiton, renfer-
mant une série de poids. xviie siècle.

85 — Mortier en bronze à nervures. xviie siècle.

86 — Deux mortiers variés en cuivre, à mé-
daillons-bustes et inscriptions. xviie et xviiie
siècles.

87 — Petit canon en bronze sur affût en bois et
cuivre.

88 — Deux statuettes en bronze patiné, avec
traces de dorure : Apôtres debout. Ancien
travail italien. Bases en marbre.

89 — Deux petits bustes-appliques d'enfants en bronze, d'ancien travail italien. Socles en marbre vert.

90 — Cinq médaillons variés en bronze : animaux chimériques et armoiries.

91 — Dessus d'encensoir en cuivre champlevé, avec traces d'émail.

92 — Seau en cuivre gravé à ornements gothiques.

93 — Deux petites lampes d'églises en cuivre.

94 — Autre, plus grande en cuivre.

95 — Pelle, ornée de rocailles en cuivre.

96 — Bas-relief en bronze : l'Enfant Jésus accompagné d'un saint personnage.

MEUBLES

97 — Vitrine en bois de placage avec incrusta-
tions d'os. Elle ouvre à une porte. Galerie
en bois et cuivre à la partie supérieure. Ancien travail espagnol.

98 — Petite table pliante de travail analogue.

99 — Cabinet plaqué d'ébène et orné d'incrus-
tations d'os gravé. Il ferme à deux portes et
contient des tiroirs à compartiments. Ancien
travail italien.

100 — Table pliante pouvant accompagner le
cabinet précédent.

101 — Petit cabinet ouvrant à abattant et ren-
fermant des tiroirs Il est plaqué d'ébène in-
crustée de plaques d'os gravé. Ancien travail
italien.

102 — Table pliante pouvant accompagner le
cabinet précédent.

103 — Bois de fauteuil à traverse sculptée. Ancien travail italien. Siège couvert en velours
vert.

104 — Fauteuil en bois sculpté à cariatides. Il est couvert de cuir et clouté de cuivre. Ancien travail italien.

105 — Bureau à dos d'âne en bois de placage, ouvrant à abattant et contenant des tiroirs. Époque Louis XV.

106 — Petite commode à trois tiroirs en bois de placage à filets. Dessus de marbre. Fin de l'époque Louis XV.

107 — Petite vitrine en bois de placage, ouvrant à deux portes. Signée *Schmidt*. Dessus de marbre. XVIIIe siècle.

108 — Petite vitrine à toutes faces en cuivre et glaces.

109 — Crédence en marqueterie hollandaise.

110 — Bureau Louis XV en bois de placage garni de bronzes.

www.ingramcontent.com/pod-product-compliance
Lightning Source LLC
LaVergne TN
LVHW021814060726
842528LV00004B/1328